IDÉAL FRAPPANT
DE LA PHYSIONOMIE DE LA VRAIE NATION LORRAINE

LE
Petit Château
DE LUNÉVILLE

HISTORIETTE EN DEUX JOURNÉES

LUE

A LA SÉANCE PUBLIQUE ANNUELLE DES STANISLAÏTES

Le 27 mai 1869

PAR P. G. DE DUMAST

CORRESPONDANT DE L'INSTITUT
SECRÉTAIRE PERPÉTUEL DE LA SOCIÉTÉ D'ARCHÉOLOGIE LORRAINE
ÉLU PRÉSIDENT D'HONNEUR, A VIE,
DE L'ACADÉMIE DE STANISLAS

RENAISSANCE EXCEPTIONNELLE PAR VOIE D'ÉDITION SPÉCIALE
(Voir le programme explicatif)

NANCY

IMPRIMERIE BERGER-LEVRAULT ET Cie

11, rue Jean-Lamour, 11

1882

LE

Petit Château

DE LUNÉVILLE

LE

Petit Château

DE LUNÉVILLE

HISTORIETTE EN DEUX JOURNÉES

LUE

A LA SÉANCE PUBLIQUE ANNUELLE DES STANISLAÏTES

Le 27 mai 1869

Par P. G. de Dumast

CORRESPONDANT DE L'INSTITUT

SECRÉTAIRE PERPÉTUEL DE LA SOCIÉTÉ D'ARCHÉOLOGIE LORRAINE

ÉLU PRÉSIDENT D'HONNEUR, A VIE,

DE L'ACADÉMIE DE STANISLAS

RENAISSANCE EXCEPTIONNELLE PAR VOIE D'ÉDITION SPÉCIALE

(Voir le programme explicatif)

NANCY

IMPRIMERIE BERGER-LEVRAULT ET Cie

11, rue Jean-Lamour, 11

1882

UN MOT DE L'AUTEUR

*ANS un siècle comme le nôtre, — qui, d'une part, s'est passionné à tel point pour le Réalisme absolu, — et qui, de l'autre, a souvent encouragé, par les vives excitations de la vogue, les plus zélés desservants du culte de l'Imaginaire, — n'a-ce pas été une précieuse bonne fortune, lecteurs, que la découverte d'un thème à double aspect, où le récit des aventures, quoique très exact, parût le fruit de l'invention ?*

N'en était-ce pas une seconde, que le hasard par où la nature même des choses, — divisant le sujet en moitiés nettement distinctes et quasi-opposées, — y donna de quoi créer un petit drame en deux actes, ou, pour mieux dire, deux petits tableaux de chevalet, se formant pendants réciproques ?

Autre avantage, devenu assez rare : le lieu où se sont passés les faits racontés, subsiste, — entièrement reconnaissable, de manière à intéresser les voyageurs. Il y a plus : s'il pique la curiosité de ceux-ci, les moyens de la satisfaire ne leur sont pas inaccessibles.

Le Petit Château, en effet, non seulement reste debout dans son intégrité, mais une famille intelligente et lettrée en est propriétaire. Il constitue le domicile actuel de M. Albert PICHON, — *homme à la fois progressiste,* — *témoin son concours à plusieurs essais d'innovations phi-lanthropiques,* — *et fortement conservateur, ne fût-ce que comme héritier du sang de Chateaufort ;* — *de ce célèbre magistrat qui déploya tant de courage contre le despotisme, et qui, sous la toge, apportant à faire valoir les plaintes universelles des citoyens, toute l'énergie de sa noblesse d'épée,* — *combattit pour elles avec une persévérance de martyr,* — *et, malgré l'arbitraire dominant, finit par les faire triompher : conciliateur raisonnable de la « justice » et de l' « équité »* — *rentré dans ses foyers « avec* Nancy pour escorte », *au milieu des acclamations unanimes, comme le vrai champion des droits réels du peuple, des droits de tous.*

Sommes-nous du moins au bout de la série des circons-tances favorables ? Eh non; car les maîtres du Petit-Châ-teau possédaient deux anciennes gravures au trait, *qui présentent, sous la face d'entrée et sous celle des jardins, la double perspective de ce bâtiment de fantaisie,* — *et où l'on aperçoit les deux tourelles que Boffrand fut obligé d'ajouter pour remédier à l'étourderie de l'enfant-architecte* (1). *De*

---

1. *Cartons de M. Alexandre Saucerotte, beau-père du dessinateur.*

plus, M. Albert Pichon avait dessiné, et on a fait graver, tel qu'il existe encore, le pavé du grand salon où est le chiffre du prince Charles-Alexandre.

Tout se joignait donc, en favorisant la connaissance des deux jolies anecdotes qui honorèrent tellement leur époque, et qui y formèrent une exception si brillante, — pour rendre opportunes quelques pages littéraires ad hoc. Voilà comment fut composée et mise au jour l' « Historiette en deux journées ».

Reproduite par une sorte de Galerie artistique destinée à mettre nos jeunes générations au courant de bien des vérités mal connues (par la « Couronne de Lorraine »), elle aurait contribué à dissiper bien des ignorances. Mais l'ouvrage de luxe dont nous parlons, publié chez Berger-Levrault, a été la proie des flammes en 1876, dans l'incendie de ces beaux magasins. Là, toute la masse du tirage a péri.

A une époque où l'on met tant de prix à remplacer tout ce qui semble RÊVE par la cognition positive de ce qui est et de ce qui fut ; — où tel devient l'idéal officiel, — et où les Gouvernements, à l'envi, consacrent déjà de grandes sommes à l'espérance de l'atteindre ; — les aspirations vers le Vrai iront-elles jusqu'à faire désirer que surgisse de ses cendres la « Couronne poétique » ? On ne sait.

Mais pour l'un des morceaux dont se composait l'ouvrage, — pour le « Petit Château de Lunéville », — voici que l'heure du réveil (au moins devant les yeux de certains antiquaires) passerait pour déjà sonner. On devine *à qui, plus qu'à personne, est venue une pareille pensée. A la famille investie de la garde filiale des lieux, et, comme la Vestale romaine, d'une sorte de mission à leur sujet.*

Se plaçant hardiment au point de vue ici indiqué, M. Albert Pichon voudrait, s'il avait les pouvoirs d'auteur, prendre l'initiative que là-dessus il regarde comme d'intérêt public, et comme presque indispensable à la jeunesse patriote et lettrée. Ce qu'il nous demande n'est donc rien moins que l'autorisation de réparer un peu le mal commis ; de combler en partie le vide dont souffrent en ceci la France, et surtout les départements du Nord-Est. Ce serait la latitude de remettre sous les rouleaux d'un typographe les pages du « Petit Château » jusqu'à concurrence de la modeste quantité d'exemplaires que paraissent exiger les besoins moraux du moment ; en un mot, par une concession amiable, et pour une fois seulement, de s'en faire tirer une édition à nombre restreint : honneur spécial et passager d'une cité qui fut l'européenne Lunéville.

Sous toutes réserves donc, amen ! et bon accueil soit fait à la requête ! Serait-il dit que gêne ou obstacle quelconque, de notre part, eût comprimé l'extension des belles et bonnes lumières ?

Tendre, quoique sans secousses, vers la constante acquisition des accroissements d'intelligence ; ne piétiner jamais dans la paresse, qui se plaît à caresser les routines et les erreurs, — tel fut le caractère de l'Austrasie, la physionomie frappante des Franco-Lorrains.

Ce n'était point « une nation comme une autre » : elle avait sa tâche, sagement éclairée, sagement héroïque. Son peuple « s'appelait progrès (1) » : il était le progrès incarné (2).

Allez, et gardez courage, citoyens jeunes et vieux ; marchez sans peur, comme faisaient vos ancêtres. Ne cédez pas aux craintes qu'on vous donne, que l'Autorité qui règne doive étouffer, plus que celles qui l'ont précédée, ce zèle du noble savoir, — zèle autrefois si célèbre, et qui reste une si magnifique portion du commun héritage gaulois.

Plus une République voudra justifier son programme, d'être un gouvernement de compréhension générale, — moins elle pourra se dessaisir des antécédents, glorieux et populaires, que lui fournit notre terrain. Ce qu'ont donné pour résultat des études bien contrôlées, à quoi bon céder aux tentations de le nier ? En quoi serait-il de l'intérêt des vrais républicains de le méconnaître, et de briser la chaîne millénaire des actes du « pays des Initiatives » (3) ?

Sa capitale Nancy, et les villes qui recevaient le plus directement son influence, le montrèrent assez bien. Pont-à-Mousson ne fut-il pas, à une certaine époque, le principal foyer intellectuel de l'Europe entière ? et la demeure des Ducs-Rois n'avait-elle pas pris rang à part entre les rési-

---

1. « PIERRE FOURIER ». Première partie du morceau inédit : « Deux saints Prêtres ».

2. Expression tirée du même morceau.

3. Cette qualification, d'abord présumée bien téméraire, s'est confirmée par tant de preuves, «écrites et concordantes», que les objections se sont successivement tues, que force a été de l'accepter, et que maintenant les juges compétents la ratifient.

dences souveraines ? Ses superbes remparts, d'un genre alors absolument nouveau; ses quatorze bastions, si richement sculptés et si largement arrosés, ne faisaient-ils pas de sa fière enceinte la « Malte continentale », la forteresse morale et matérielle de la Chrétienté ?

Et depuis même qu'elle eut été démolie par perfidie, et que ses souffrances devinrent celles d'une « Jérusalem déso-lée » (1), perdit-elle absolument tout ce qui la rendait exceptionnelle ? Sous Léopold, elle redevint un autel du temple de la Civilisation, et l'homme d'élite, transporté des salons de Versailles à ceux de Lunéville, « ne croyait pas avoir changé de lieu » (2).

Eh bien, le XIXᵉ siècle n'a pas trahi autant qu'on le croirait de si hauts encouragements.

Ce n'est ni au génie d'aucune province, ni à celui de Paris même, que vint l'idée économique transcendante de réunir, par canalisation, les quatre mers, et cela à une croisière située sur notre sol français. Par des devis éla-borés en silence, topographiquement tracés dans leur coupe par des ingénieurs, jusqu'au dernier millimètre, et pécu-niairement assurés jusqu'au dernier centime (plan prodi-gieux qui reçut, comme le chef-d'œuvre de la Décentralisation agissante, des éloges sans égaux), — Nancy put présenter un projet avoué réalisable, et auquel ne fit défaut que.... la signature du chef de l'État.

Bientôt, à cette conception sublime, s'en joignirent, dans

---

1. Ita ut Hierosolymam sola Lotharingia calamitate vicerit.
2. *Voltaire le déclare en termes exprès.*

un autre ordre d'idées, de non moins gigantesques. L'évocation des littératures proto-classiques, — soit aryennes, soit sémitiques, — et leur admission rendue possible sur le théâtre presque universitaire de la haute scolarité, — ne fit pas peur au groupe de penseurs que soulevait l'aérostat de cet Observatoire lorrain.

D'une part, c'est là que fut risquée l'œuvre, — bien naturelle, et que personne néanmoins n'avait encore tentée, — de ressusciter fidèlement le lyrisme des Hébreux, en faisant parler à David, quoique en style français et sous les exigences du siècle racinien, — son propre langage, — non philosophique ou païen, — non chrétien (hormis dans les passages vraiment prophétiques), — mais complètement juif, à la franche façon d'un barde du sol palestin des croupes de l'Hermon et des bords du Jourdain.

D'autre part, les pages subsistantes des vieux chantres de l'Indus et du Gange, — déjà découvertes par des hommes de génie, mais à peine soupçonnées encore par le gros de nos collégiens, même les plus lettrés, — pourquoi ne s'appliquait-on pas à en enrichir quelque peu la masse de notre savoir courant ? à diminuer en quelque chose l'ignorance générale, déplorablement conservée sur ce chapitre ? Sans rien envahir du domaine supérieur des Maîtres, à qui reste, ou dans l'Institut ou dans les principales Académies étrangères, la dignité d'oracles, — un grand et premier besoin existait : celui de vulgariser la Vérité, par voie d'enseignements clairs et simples, pour les futurs rhétoriciens, et d'échantillons littéraires pour les amateurs et connaisseurs divers.

Devant cette tâche, modeste et pourtant difficile, Nancy encore n'a pas reculé. « L'Orientalisme rendu classique », tel a été la devise de son drapeau ; et, pendant près de vingt années, — quoique non servi par les ressources budgétaires, il a réussi à le porter passablement, sans défaillance. Des hommes courageux, qui s'étaient faits ses enfants adoptifs, avaient rendu praticable un si laborieux effort, en créant l'outillage indispensable : rudiments, dictionnaires, selectæ, « Jardin des racines » à la façon des Hellénistes, etc. ; tandis que d'autres travailleurs, le complétant (types, poinçons et matrices, etc.), parvenaient à donner aux jeunes bacheliers, avec sa double version latine et française, un épisode de la Râmaïde ; leur permettant ainsi de savourer l'épopée antéhomérique, — du Valmiki tout pur, — et de se trouver, en quelques heures, capables de traduire mot à mot du sanscrit, comme ils auraient traduit du latin de Virgile. Ce fut pour eux une révélation absolue, qui changeait à l'instant l'ensemble de leurs convictions.

L'entrain s'est-il arrêté là ? Non, le nouvel intérêt jeté sur l'Iran, sur ce cirque de civilisation reconquis, que la grande chaîne de l'Himaüs séparait seule de l'Aniran, — devait porter un surcroît d'attention vers cette sévère moitié de l'Asie qu'habitèrent toujours des tribus scythiques. Un branle, donné à ce réveil, partit aussi du centre mosellan ; et, quand les Tartaristes étaient encore en bien petit nombre en Occident, un Stanislaïte se trouva, pour aider les regards à se diriger vers l'étude de ces terribles « peuples à cheval » (Huns et Finnois, Mongols, Turcs, Sibériens, Samoyèdes), qui renversèrent tant de fois les empires aryens et sémites. C'est sans déserter le riche phare allumé par Nancy, qu'un Lorrain, les prenant corps à corps, a pu rédiger et publier la Grammaire de deux de leurs dialectes (le tongouse et le mandchou), — et poser ensuite, d'une main ferme, d'après leur système de vocalisation, musicalement confirmé ici par la Faculté des Sciences, — le classement des langues de l'Oural-Altaï.

Avançons, et passons d'un monde à l'autre.

Ce palais des Alérions, bâti par le généreux prince à qui Venise remit le Gonfanon républicain de Saint-Marc, et dans les États duquel fut imprimée la première relation professorale de la découverte des Amériques, — il est devenu, trois ou quatre cents ans après, le théâtre de la première réunion universelle des savants des deux Hémisphères : c'est dans ses murs que s'est tenue une Assemblée réputée jusqu'alors irréalisable. Et c'est au donjon du Palais ducal qu'a été, par elle, votée la distinction, tout à fait sans exemple, de la création d'une Bibliothèque-Musée où seraient apportées lentement les offrandes du monde entier, et qui feraient de Nancy la métropole honorifique du genre humain.

Encore une fois donc, courage! Fata viam invenient. Sous des auspices si rares, tous les labeurs seraient là en dehors de leur thème, s'ils n'étaient grandioses, et s'ils ne tendaient constamment VERS L'AVENIR; même ceux que leur nature rend forcément rétrospectifs. C'est là ce qu'en 1862, lors de l'inauguration de la Salle des Cerfs, se disaient,

à la veille de bien des renaissances (1), *les membres de la
Société locale d'Archéologie :*

> Compagnons, la tâche est belle ;
> Levez vos cœurs et vos fronts.
> Marchez où Dieu vous appelle ;
> Il sait jusqu'où nous irons.
> Près ou loin, dans votre sphère,
> Quelque œuvre qui s'offre à faire,
> Soyez calmes, soyez prompts !
> Avec ferme patience,
> Servez l'Art et la Science.
> Surtout, gardez confiance ;
> VEUILLONS VIVRE, et nous vivrons.
> Qu'ailleurs une verve amie,
> Faible et trop vite endormie,
> Puisse, en mainte académie,
> Faire entrave à maint essor...,
> Va pour la triste Momie,
> Force éteinte de Luxor !
> Vous, plus chaude est votre arène.
> Soldats d'une cité-reine
> Que n'effrayaient nuls rivaux,
> Vous hissez la croix lorraine
> Au grand mât de vos travaux.
> Bons semeurs à « fleur de graine »,
> Vous CRÉEZ en « conservant ».
> L'Ardeur est votre sirène ;
> Et sa verve souveraine
> Prouve encor souvent, souvent,
> Que le feu qui vous entraine
> Porte « d'arrière en avant ! »

---

1. *Notamment de celle de la Faculté de Droit, réclamée pour Nancy par
quarante-deux villes.*

C'est là ce que réclame, évidemment, une sève vitale dont la surabondance demande issue; qui, cherchant à percer sa dure écorce, tend à pousser des jets énergiques inévitablement reconnaissables pour siens.

Libre carrière soit donc laissée aux champions d'une fécondité saine et luxuriante. Tournoi permanent soit ouvert aux chevaliers dont l'oriflamme s'entoure des couleurs d'une activité propre, toujours vive, sincère, et demeurée juvénile.

DUMAST.

Janvier 1882.

LE PETIT

CHATEAU DE LUNÉVILLE

HISTORIETTE EN DEUX JOURNÉES

I.

On dit, Messieurs, qu'au bout de notre prose
(Si doctes feux que son phare allumé
Lance au public, des sciences charmé),
Pour complément, il faudrait quelque chose
D'un peu moins grave... et même de RIMÉ.

II.

Est-ce bien vrai?

           Je ne sais trop si j'ose
Tenter un air sur ce diapason.
Quelle figure, — ainsi hors de saison,

En plein milieu d'un siècle *utilitaire,* —
Ferait Corneille, ou Racine, ou Voltaire ?
Foin du disciple, à plus forte raison.

III.

Mais bah ! Qu'importe ! On veut des vers..? En
Si la séance en paraît exiger,   [somme,
Couronnons-la par ce tribut léger ;
Car, avant tout, il faut être bonhomme.

IV.

Va pour des vers !

               Seulement.., faits sur quoi ?
Un triple champ peut s'ouvrir devant moi.
Prendrai-je l'Art ? la Morale ? ou l'Histoire ?

V.

Messieurs, des trois, je choisis le dernier ;
— Sans néanmoins m'enfermer prisonnier
Dans des refrains dictés par la Victoire ;
— Sans me soumettre à *broder* l'écriteau
Qu'aura tracé quelque Force insolente
A qui le sort de la fève sanglante
A fait échoir l'éloge... et le gâteau.
— Non pas. Ma voix, sur franche et libre note,
Va vous conter une simple anecdote :
« *Charle-Alexandre et son* PETIT CHATEAU. »

PREMIÈRE JOURNÉE

I.

Reportons-nous à cent cinquante années ;
Temps où semblaient d'augustes destinées
S'ouvrir encor pour les peuples lorrains ;
Temps où brillait, — perle des souverains, —
Non par le glaive ou la folle richesse,
Mais par des faits, de grandeur d'âme empreints (1),
Ce Léopold, exemple de sagesse,
Cher aux meilleurs, honoré des plus craints.

II.

Sous Léômont (2), aux bords où la Vezouse
Modestement parcourt des prés fleuris,
Un art local, émule de Paris (3),
Pour ce doux maître et sa royale épouse (4)
Avait planté des bosquets favoris (5),
Où, non loin d'eux, de leur plaire jalouse
Errait la foule, invoquant leur souris.

Dans leurs salons, au centre du pourpris (6)
Qu'à tout mérite ouvrait leur courtoisie,

Entrons un peu, Messieurs.

Sous ces lambris,

D'esprits ornés quelle troupe choisie !

III.

Ici Vayringe, au succès triomphal (7),
De laboureur devenu machiniste.
Là Claude Charle et Jacquart, couple artiste (8) ;
Là Saint-Urbain, le graveur (9) ; là Duval,
Pâtre, on le sait, fait bibliothécaire (10) ;
Là ces grands noms qui ne sonnent plus guère,
Des Pairs lorrains ce groupe sans rival,
Chefs d'un sénat fidèle et non servile (11) :
Du CHATELET, LÉNONCOURT, LIGNIVILLE (12),
Puis Bassompierre, ou Ludre, ou Raigecourt,
Mitry, Choiseul, Du Hautoy, d'Haussonville,
D'Ourches, Gourcy, Custine...... Coupons court.
Les Étrangers, voyant, dans cette cour,
Grandeur princière, élégante et civile (13),
Et retrouvant AUSSI BIEN (sinon mieux)
Que ce qu'en France avaient cherché leurs yeux,
De vingt pays arrivaient comme en file.
— « Qui de Versaille allait à Lunéville,
» Ne croyait pas avoir changé de lieux (*). »

(*) Voltaire : *Siècle de Louis XIV*.

IV.

Mais avançons. Point ne faut qu'on babille,
Même à Voltaire en faisant des emprunts.

Or, sur un banc soustrait aux importuns,
Siège entouré de marbre et de charmille,
Vers qui, dans l'ombre, envoyaient leurs parfums,
De loin, l'orange, et de près, la jonquille (14),
L'heureux Monarque aspirait l'air, un soir.
En cercle intime il avait fait asseoir
Quelques amis et sa jeune famille.

V.

L'un de ses fils, esprit ouvert et vif, —
Charle-Alexandre, — avec élan naïf,
Dit tout à coup :

      « Papa duc, je ne cesse
» D'entendre ici, jusque par les valets,
» Jusqu'à la paume, avant, après la messe,
» Vanter Boffrand, qui bâtit vos palais.
» — Les chefs de l'Art, certes je les respecte ;
» L'Art, nous dit-on, c'est un souffle divin.
» Mais est-il donc si difficile, enfin,
» De devenir excellent architecte ?
» D'atteindre un jour votre Monsieur Boffrand ?
» J'y tâcherais, bien sûr, si j'étais grand.
» Même..., qui sait ? »

— Vraiment ? dit le bon père :
Qui sait ?

   — « Mais oui. Dès à présent, j'espère,
» A mon honneur, je m'en pourrais tirer.
» Ma plume a beau laisser à désirer,
» Je tracerais, en ordre et symétrie,
» Porte, plafond, fenêtre, galerie. »

— Tu construirais un pavillon ?

     — « Fort bien.
» A ma bâtisse il ne manquerait rien. »

— Mais c'est très bon à savoir.

     « — Moquerie !
» Vous vous gaussez de moi, je le parie. »

— Moi ! cher enfant ; me moquer ? Point du tout.
Je voudrais voir mis à l'œuvre ton goût :
Commençons-en l'épreuve, je t'en prie.

« — Le puis-je ? Et l'or de mes *menus plaisirs*
» Suffirait-il au plan de mes désirs ?
» Pour la dépense où serait ma recette ? »

— Marche sans peur : j'ai permis d'essayer.

— « Quoi ! vrai ? — bien vrai..? Vous daigneriez
      [payer ? »

— C'est entendu ; — payer sur ma cassette.

— « Oh ! papa roi (15) ! quels dons inespérés !
» Je serai sage et prudent... Vous verrez. »

VI.

L'enfant, soudain, s'échappe. — A son pupitre
Il court se mettre.

       On l'a fait plein arbitre :
Soyez tranquille, il n'abusera point ;
Il va chercher à tout faire avec soin (16).

VII.

La maman rit. — Craon, ami du prince (17),
S'étonne encor.

      « Non, non ; le risque est mince »,
Dit Léopold, « et j'en ai fait la part.
» Écoutons bien Cicéron : *Le jeune homme,*
» *Dont à l'excès nous redoutons l'écart,*
» *S'il n'a pas* TROP, *n'a pas* ASSEZ *plus tard.*
» Ainsi parlait le vieux consul de Rome,
» A grand'raison. Croyez-moi, cher Beauvau ;
» Charle-Alexandre est aux moments d'effluve,
» Le vin d'orgueil qui lui monte au cerveau
» S'affaissera. Qu'il bouillonne et qu'il cuve.
» Fougue impuissante amène ordre et niveau.
» Laissons agir notre petit Vitruve. »

VIII.

Ainsi fut fait.

         Au fils du Souverain,
Qui put à l'aise y bercer sa marotte,
On s'empressa d'accorder un terrain
(Terrain connu : *le jardin Saucerotte*) (*).
Puis, gens experts, — gens de divers métiers, —
Maçons, paveurs, plâtriers, charpentiers,   [vice
Peintres, — que sais-je? — au constructeur no-
Furent prêtés, — mis à son plein service. —
Charles voyait tous ses ordres suivis ;
Nul ouvrier ne risquait un avis.
Chut...! L'escouade, intelligente et digne,
Avait vu clair... et compris la consigne.

IX.

Talent et zèle opérant à la fois,
En peu de temps la tâche fut remplie.
— Nul trait bizarre; aucun air de folie,
L'adolescent, s'il se donnait sa voix,

(*) *Sic.* — Le nom prosaïque est placé crûment là, pour mieux tim-
brer les choses de leur cachet de pleine réalité.

Se la donnait pour une œuvre jolie.
Fier de l'avoir terminée en six mois,
Il pouvait bien la trouver ACCOMPLIE.

X.

De triompher vient pour lui le moment :
A son appel la Cour et le Monarque
Se sont rendus. Chacun loue et remarque ;
Chacun au prince offre son compliment.

Blancheur de lait, par l'azur rehaussée,
Met en relief un fier rez-de-chaussée (18).
« Très bien, mon fils ; c'est noble, régulier »,
Dit Léopold, aux splendeurs familier ;
« Reste à juger de ton premier étage. »

Or, on venait d'ôter l'échafaudage ;
Et, pour monter, manquait... UN ESCALIER.

XI.

Qui fut surpris et penaud...?

Le Duc père
Ne souffle mot, — fait *les yeux* à Boffrand.
— Boffrand, bénin, d'un air indifférent,
S'avance... Il parle ; — et chacun de se taire.

« — Messieurs », dit-il, « charmant est ce travail ;
» Galant, complet ; — complet, sauf un détail.
» Si Monseigneur n'a pas fait... les tourelles,
» Il a fort bien.... LAISSÉ PLACE pour elles. »

Aux entendeurs le demi-mot suffit ;
Vive un bon peuple et sa délicatesse !

XII.

Deux minarets... Le vieux Boffrand les fit (19).
On peut encor les voir (non sans tristesse)
Entre des toits dont un reste survit.
— Mais la leçon parlait... La jeune Altesse
Sut la comprendre, — et la mettre à profit.

Charles, — muet, — de son étourderie
Avait rougi jusques au blanc des yeux.
Il vit dès lors.... (chaque jour il vit mieux)
Que le vouloir ne fait pas la science,
Que difficile est le métier de roi ;
Qu'il faut toujours se défier de soi...

Nul APERÇU ne vaut l'EXPÉRIENCE.

SECONDE JOURNÉE.

I.

Ici, Messieurs, vous supposez fini
Votre devoir d'auditeurs..? Oh! nenni;
Car, vous et moi, nous avons fait un pacte.
Charle-Alexandre et son petit château
Fut notre thème. Or, cette histoire exacte
A deux moitiés. — Poursuivons (et *presto*),
Puisque la pièce attend son second acte.

II.

Vingt ans à peine ont fui; mais les vingt ans
Ont du palais changé les habitants.

Les lois d'en haut, dont la force enveloppe
Tous les mortels; — ces lois, par un congrès,
Ont, couronnant de longs efforts secrets,
Renouvelé la face de l'Europe.

III.

Versaille a pu des Gaulois d'Orient
Joindre le sceptre au sceptre de Neustrie :
Des Lohérans disparaît la patrie.

— Mais le contrat sous un aspect riant
S'est présenté. Loin de mourir flétrie,
Elle finit avec suprême honneur,
Sous des rayons de gloire, de bonheur,
D'amour... Que dis-je? Elle semble encor vivre.
A des questeurs croyez-vous qu'on la livre?
Oh! pas si tôt. — On la laisse trôner;
Et si Paris dans son orbe l'entraîne,
Paris, du moins, la donne à gouverner
A Stanislas..., le père de la Reine!

IV.

D'une autre part, à François de Lorraine,
« Premier des ducs de la *Chrétienneté* » (20),
Le rang qu'il cède est certes racheté
Sur une échelle en tous points souveraine.
— Par un échange auguste, inusité,
On a payé, — pour obtenir l'aubaine
Du fier pays ardemment convoité, —
Si noble prix... que l'altière Équité,
Malgré ses droits, l'eût pu rêver à peine.

Le Duc, c'est vrai, s'exile au sol germain,
Devient Teuton; — mais... il obtient la main
D'une charmante et royale personne.
Bientôt il doit d'une triple couronne,

En prince-époux, être fait *co-régent*.
On lui promet que sans dol, sans chicane,
Hongrie, Autriche et Bohême.., et Toscane..,
Seront sa dot. — Son règne, intelligent,
Des vrais besoins s'y pourra faire organe (21),
Puis, à la mort du césar ennuyé (22)
Sous qui tout croule et va de mal en pire,
Par un choix prompt, de la France appuyé,
Il deviendra le chef du Saint-Empire.

V.

A la bonne heure ! Et c'est donc pour le mieux.

VI.

Mais rarement on a vu, sous les cieux,
Quand chacun signe une paix qui console,
Tous être francs ; NUL ne trouver bien folle,
Si d'un gros gain l'appât s'offre à ses yeux :
La sainte horreur de fausser sa parole.

Des Mazarins ainsi fait l'héritier.
Le vieux Fleury, reprenant leur sentier,
Bien qu'engagé, vers d'autres nœuds convole (23).

VII.

Avec quel art, séparant des amis,
Un cardinal, doux, poli, débonnaire,

Mais à son roi croyant *beaucoup* permis,
Fit-il gronder, — fraudeur nonagénaire, —
Des Bavarois le coupable tonnerre
Contre des FAITS bien et dûment PROMIS...?
— Pour l'expliquer, il faudrait que j'accrusse
Ce long récit (trop long, j'en fais l'aveu).
Mais... de nos torts nous profitions fort peu ;
Si nous trichions, c'est pour le Roi de Prusse :
Pour Frédéric, dont nous servions le jeu (24).

VIII.

Quoi qu'il en soit, l'ambition mauvaise
Qui pensait voir son triomphe assuré,
Reçut échec. Des Lois le feu sacré,
Pris pour éteint, sous cendre gardait braise.
On sait comment les sublimes Magyars,
Tirant le sabre, — hommes, enfants, vieillards, —
Surent sauver leur *roi Mary-Thérèse* (25).

IX.

Or, commandant des corps impériaux,
Charle-Alexandre (à qui cet honneur pèse)
Est bien forcé, par des devoirs loyaux,
De refouler l'invasion française.

Chargé d'un rôle où son cœur ne peut rien,
— Où son talent ne le sert que trop bien, —
Par vingt exploits sa valeur le distingue.
— Noaille en vain veut l'abattre à Dettingue :
Il nous disperse, il sait nous mettre un frein.
A lui le droit, le succès et l'audace.
Il nous a fait virer de l'Elbe au Rhin :
Il le franchit.., il met pied en Alsace.

X.

De Stanislas un puissant familier
Se trouble... — Ah! ah! le fameux chancelier
Qui tient un peu son bon Maître en lisière?

— Oui; — du pouvoir ce solide pilier,
Oui, l'âpre et dur Chaumont la Galaizière (26),
Entre en souci.

Tiré de son sommeil,
Au *Bienfaisant* il apporte un conseil
Qu'âme ou plus mâle ou d'honneur plus jalouse
En si haut lieu n'aurait émis jamais...
— De FUIR; d'aller dans les remparts de Metz
Abriter... qui..? L'ami de Charles douze!!!

XI.

Les pas royaux restent lents, mesurés;
Mais, tôt ou tard, les trembleurs effarés

Vont prévaloir : dans leurs eaux on s'embarque.

Quand tout à coup, au tomber de la nuit
(Ne sais comment, au palais introduit)
Un messager, que nul œil ne remarque,
Avec respect met aux mains du Monarque
Une dépêche, — et disparaît sans bruit.

XII.

De chambellans la salle est dégarnie.
Le Roi s'étonne ; il cherche en vain d'où part
Cette missive, envoi d'un bon Génie.

Pour le savoir, se tirant à l'écart,
Il rompt les sceaux... La chose est aplanie.

XIII.

« *A Stanislas, duc de Lorraine et Bar,*
» *Roi de Pologne et de Lithuanie.*

» Sire,

J'apprends, par gens bien informés,
» Qu'à mon approche, émus de folles transes,
» Autour de vous, dans leurs mille ignorances,
» Vont s'agitant serviteurs alarmés.

» Quoi ! si l'époux de votre auguste fille,
» Nous attaquant, a contraint ma famille

» A protester par la voix du canon,
» Le choc à vous doit-il s'étendre ? — Non.
» Vînt la Fortune à favoriser Vienne,
» En seriez-vous moins fort ? — Quoi qu'il ad-
» Mon frère est là. Que Votre Majesté [vienne,
» Garde en Lorraine asile incontesté.

   » Ce n'est pas nous (on l'aurait dû comprendre)
» Qui poursuivons, qui froissons des bannis :
» Nos cœurs, nos bras, sont prêts à les défendre.
» Ah ! vos malheurs sont ET RESTENT finis ;
» Fiez-vous-en à Charles-Alexandre.

   » Je ne sais, Sire, — et vous ne savez pas, —
» Ce qu'a réglé l'Arbitre des combats,
» Dont les desseins sont autant de mystères.

   » Mais, dût le poids de son puissant marteau
» Sur les Bourbons s'abattre à coups sévères...,
» Sire, — dormez dans le lit de mes pères, —
» Sur leur chevet, — sous leur double rideau. —
» Si pour ma soif Dieu versait un peu d'eau ;
» Si, réveillant des douceurs disparues,
» De Lunéville il me rouvrait les rues ;
» J'y logerais... dans mon *petit château*. »

   Qu'en dites-vous, Messieurs..? Je le demande :
Chez quels vainqueurs avez-vous rencontré
Pareil langage ? — accent mieux inspiré ? —
Voix plus HONNÊTE et plus SIMPLEMENT GRANDE ?

I.

Mais brisons là...

Regretter serait vain.
Tout a fini ; — n'en cherchons point les causes, —
De par l'arrêt du Tribunal divin,
Tout doit finir : les hommes et les choses.

Ainsi le veut la loi du changement ;
Le tour de roue.

II.

Observons, seulement,
Qu'il est parfois d'heureuses *martingales*.

Voyez du sort quel caprice charmant
Mit, — par un lot de faveurs sans égales, —
Quatre cents ans, au trône de Nancy
Des souverains dont la race excellente.
(De qui la sève à s'épuiser fut lente)
Sentait, pensait, savait parler... ainsi.

De coups heureux quelle étonnante veine !
Neuf ou dix fois, rien de mou, rien de bas ;
Relief, esprit, vigueur dans les combats : —
C'est presque trop pour la nature humaine ;

Et dix anneaux d'une semblable chaîne,
L'Histoire ailleurs ne nous les montre pas (27).

Quels *compagnons* (28) que MESSIEURS DE LOR-
[RAINE !

III.

On pouvait dire, à les voir tant aimés,
Tant du public admirés, estimés,
Qu'ils étaient faits pour le rôle de maître ;
Que chacun d'eux se fût servi d'ancêtre ;
Que, si, de pourpre et d'éclat désarmés,
Loin du pouvoir le Ciel les eût fait naître ;
Eh bien, — sous l'œil des vouloirs exigeants ;
N'ayant d'appui que l'équité des gens ;
— Fût-ce aux clartés des flambeaux de notre
C'est eux, encor, que l'urne du Suffrage [âge ; —
Aurait élus « magistrats dirigeants ».

IV.

Vrais fils d'un sol où rien d'impur ne pousse,
Drapeaux vivants du « FAIS CE QUE TU DOIS »,
Ils déployaient nature ferme et douce :
Prompts à l'aumône et prompts à la rescousse,
Et *grands seigneurs* jusques au bout des doigts.

L'âme toujours de hauts faits occupée,
Soutiens du faible ou protecteurs des Arts,
Enviaient-ils ces rois ou ces césars
Dont la langueur, impunément frappée,
Pour se remettre attendait leur épée?
Non. — Fiers rivaux du Turc ou du Hongrois,
Quand d'un Habsbourg ils sauvaient la puis-
[sance (29),
Voyez..! contents de ses compliments froids,
Ils savaient, — même en lui rendant ses droits, —
Le dispenser de la reconnaissance (30).

V.

C'est que le glaive, ah! Messieurs, dans leurs
Avait un sens.   [mains,
          C'est qu'aux yeux des humains,
Lorraine était la plus haute bannière
Qui vînt en aide aux armes de lumière.

Gloire à vos Ducs! — Rejetons généreux,
Fils à la fois du Progrès et des Preux, —
Ils s'avançaient, élite héréditaire,
Type éminent d'un groupe volontaire,
De maints oublis par ses bienfaits vengé,
— Et forts d'un nom, le plus pur de la terre,
Que pour nul autre ils n'auraient échangé (31).

VI.

Oh! oui, c'étaient des princes vraiment *princes*,
Sur qui l'Europe avait les yeux ouverts (32) ;
Classés PETITS au *toisé* des provinces,
Mais, par le cœur, GRANDS... COMME L'UNIVERS.

NOTES

(1)
Mais par des traits de grandeur d'âme empreints.

Il serait trop long de vouloir rappeler le quart seulement des actes de générosité de ce monarque, *qui mettait dans ses dons,* selon l'heureuse expression de Voltaire, *la magnificence d'un prince et la générosité d'un ami.* — Stanislas fut payé pour en savoir quelque chose, — lui, qui, traversant Lunéville, lors de ses infortunes (à la suite de sa première expulsion de Pologne), s'était vu réduit à y faire offrir secrètement en vente, aux seigneurs de la cour de Lorraine, par des joailliers de confiance, les bijoux les plus rares. — Grâce à la perspicacité du Duc, Stanislas se les vit acheter à haut prix, et les reçut ensuite sous cachet, comme si le marché n'avait pas eu lieu.

Mais le trait le plus remarquable, celui qui sort tout à fait de la ligne, c'est la surprenante conduite que sut tenir Léopold à l'occasion du *chevalier de Saint-Georges* (Jacques II).

Lorsque la France et l'Espagne songèrent à se réconcilier avec l'Angleterre, elles ne crurent pas devoir continuer à pratiquer l'hospitalité envers le Prétendant. L'Autriche ne pouvait guère leur succéder dans ce rôle, alliée qu'elle était alors des Anglais. Celui-ci fut donc sur le point de ne plus trouver refuge nulle part. — Rougissant pour le roi *très chrétien,* pour le roi *catholique* et pour l'empereur *apostolique,* de cette triple faiblesse d'âme, le duc de Lorraine acquitta, lui, la dette d'honneur de l'Europe non protestante. Ce que les forts n'osaient faire, il le fit, et sans hésiter. Il offrit noblement asile au monarque Stuart (¹), qui, bien différent du fin calculateur gascon (²), n'avait pas craint — objet de la risée des habiles de son époque, — de perdre *trois royaumes pour une messe.*

Mais, comme Léopold voulait ne pratiquer la vertu qu'avec sagesse, et ne faire courir par son héroïsme aucun risque à ses sujets, — il n'alla point, en fanfaron, braver l'Angleterre. — Que fit-il donc ?

Ah ! une chose charmante, que peu de gens devineraient. Il prescrivit, tout simplement, que jusqu'à nouvel ordre, en Lorraine, on ne *battît aux champs* pour PERSONNE, — pas même pour lui. — Se privant ainsi des hónneurs souverains, il put dès lors, en toute politesse, se dispenser de les faire rendre à son hôte royal, et par conséquent n'ouvrir carrière aux réclamations diplomatiques d'aucune puissance.

Combien d'esprit, ici, à travers la bonté ! Et quel ingénieux moyen de pratiquer les plus courageux devoirs ! C'est le sublime, à la fois, de la force et de la délicatesse. — Il n'y avait que des princes de Lorraine pour avoir de ces inspirations-là. Vauvenargues l'a fort bien dit : « Les grandes pensées viennent du cœur. »

---

1. Séjour au château ducal de Bar, et ressources de dépenses convenablement princières.

2. Qui ne connaît le mot de Henri IV, encore protestant, mais résolu à se faire catholique afin de pouvoir régner au Louvre : « Paris vaut « bien *une messe.* »

(2)

Sous Léômont, aux bords où la Vezouse, etc.

Bâti sur un point élevé, d'où la vue s'étend d'un côté jusqu'aux tours de Saint-Nicolas-de-Port, tandis que de l'autre, l'œil domine (et de bien plus près) la vallée de la Vezouse, — Léômont, — ancien village dont les ruines, au siècle dernier, n'avaient pas encore totalement disparu, — avait jadis été fameux par un temple de Diane, une fontaine et un bois sacrés. Lunéville, qui tire de là son nom (*Lunæ villa*), porte encore dans ses armoiries, en souvenir de ses vieilles gloires gallo-romaines, les trois croissants de la Déesse.

(3)

Un art local, émule de Paris.

L'art des Gervais et des Des Ours. — Nesle, dit Gervais, natif de Lunéville, professeur de jardinage, fut célèbre à Nancy, sous le duc Léopold, en qualité de dessinateur-planteur. Comme il devint, plus tard, premier architecte des parcs impériaux à Vienne, sa réputation a fini par absorber celle de son prédécesseur, Yves des Ours ([1]), lequel mériterait d'être aussi connu (ou plus connu) que lui. Car c'est à celui-ci, et non point à Gervais, qu'on fut redevable des magnifiques jardins de Commercy, de ceux d'Einville-au-Jard, et même de la conception et de la presque entière exécution de ceux de Lunéville.

(4)

Pour ce doux maître et sa royale épouse.

Élisabeth-Charlotte de France-Orléans, propre nièce de

1. Des Ours, bien souvent appelé *Des Cours*, car cette altération de son nom a presque généralement prévalu.

Louis XIV, mais excellente princesse, qui n'avait rien de la morgue et de l'égoïsme de son oncle.

(5)
Avait planté des *bosquets* favoris.

Il convenait de conserver ici le mot, puisqu'à Lunéville ce qui subsiste des plantations ducales ne s'appelle pas encore autrement. *Le Bosquet,* tel est le terme consacré.

Si tronqué que soit aujourd'hui ce beau parc depuis qu'il a perdu ses dépendances, son orangerie et la magnifique allée qui conduisait à l'élégant pavillon de Chanteheux (duquel il ne reste plus trace), — le caractère souverain de pareils jardins n'a pas tout à fait disparu. Ils portent un je ne sais quoi d'ineffaçable grandeur, caractère que n'atteint pas même la charmante *Pépinière* de Nancy. Si agréable que soit cette dernière dans sa riche et royale coquetterie, — le vieux *Bosquet* de Lunéville, tout privé qu'il est de ses statues et de ses eaux [1], rappelle mieux, aux connaisseurs, quel souffle de majesté respirait dans toutes les créations des princes de la maison de Lorraine [2].

(6)
Au centre du pourpris.

Pourpris. — Puisque le hasard amène ce mot (lequel est

1. On peut voir encore dans les jardins princiers de Schwetzingen, près de Heidelberg, deux cerfs de marbre jetant de l'eau, et cinq pièces de bronze destinées à remplir le même rôle (Arion sur son dauphin, et quatre enfants tourmentant des cygnes). Ces sept morceaux de sculpture proviennent du *Bosquet* de Lunéville.

2. Il n'y a, par exemple, qu'à comparer, pour la noble grandeur, Bosserville à toutes les autres Chartreuses, même à celle de Grenoble. Certes, Pavie l'emporte pour le luxe; mais jamais les ducs de Lorraine ne firent, du luxe, leur objectif. Du grandiose, à la bonne heure.

du meilleur français), faisons remarquer en passant, — à l'intention des jeunes gens encore peu au courant des origines de notre langue, — que, nonobstant toutes les apparences, la *pourpre* n'a rien à voir dans ceci. Quelquefois le vraisemblable n'est pas le vrai. Ici l'étymologie du terme est toute différente de ce qu'aisément on croirait.

Dans nos vieux auteurs, le mot *pourpris* désigne tout aussi bien la chétive propriété d'un villageois que celle de son seigneur ; car il n'est autre chose que l'expression par laquelle, classiquement, on désignait, en style noble, un *enclos*, une *enceinte* quelconque (¹). Un *pourpris* signifie simplement la portion de terrain *prise* (c'est-à-dire *comprise*) dans une clôture, soit de murs, de palissades ou de haies, autour d'une habitation petite ou grande. — La préposition *pour* (²) est employée là dans le sens du grec περὶ, *autour*, *alentour ;* signification qu'elle possédait fréquemment autrefois, et dont on a encore dans *pourtour* (circonférence) un échantillon frappant (³).

(7)

Ici Vayringe, au succès triomphal.

Fils d'un paysan de Nouillompont (dans le duché de Bar), Vayringe, après avoir passé par l'état de garçon serrurier, devint un éminent mécanicien. Faisant faire d'immenses

---

1. ENCLOS, ENCEINTE, telle est la définition qu'en donnent les vocabulaires français ; et le dictionnaire latin de Noël et Laplace le traduit par *conceptum* ou *ambitus*.

2. Souvent confondue jadis avec *par ;* confusion qui subsiste encore en italien dans les acceptions de la particule *per*.

3. Il y en aurait bien d'autres exemples à citer, ne fût-ce que dans l'ancien verbe *pourmener*, — à présent PROMENER, — qui ne voulait dire originairement que MENER A L'ENTOUR (latin *circumducere*). Mais nous n'avons point ici à faire un cours de lexicologie.

progrès pratiques à l'emploi de la vapeur d'eau, comme force motrice, c'est lui qui le premier, — bien longtemps avant les Anglais ou les Français, — confectionna, non plus à titre de curiosité, ni pour des princes, mais comme objet d'utilité courante, mais *pour le public,* — des machines à vapeur, et qui les livra le premier au pur et simple commerce.

Si étonnant que soit le fait (dont on a coutume d'omettre partout la mention), il est indubitable. Vayringe tenait publiquement fabrique de ces objets en Lorraine, sous le règne de Léopold, dès 1725. — Seulement, comme les esprits, en Europe, étaient encore bien peu à cette hauteur, c'est d'Amérique que lui venaient les commandes. C'est aux exploiteurs des mines du Pérou (lesquels s'en servaient surtout comme de pompes à épuisement) qu'il expédiait les machines faites dans ses ateliers de Lunéville.

(8)
Là Claude Charle et Jacquart, couple artiste.

Charles (Claude), premier peintre de Léopold, et directeur de l'Académie lorraine des Beaux-Arts fondée par ce souverain, était un homme si merveilleusement doué par la nature, que, la veille même de sa mort, à l'âge de quatre-vingt-six ans, il travaillait encore sans lunettes (et, qui plus est, à une miniature). Les vivants ne peuvent plus guère juger de son mérite, attendu que ses meilleurs tableaux se trouvent avoir péri, avec les édifices dont, par malheur, ils dépendaient.

Jacquart, l'un de ses élèves, qui, lui aussi, avait décoré bien des constructions disparues, n'a pas éprouvé d'une manière si absolue ce genre de mauvaise fortune. Des œuvres de son pinceau, il reste au moins la coupole de la cathédrale de Nancy.

Si nous n'avons pas fait mention d'un autre des élèves de Claude Charles, le célèbre Girardet, c'est que nous n'eussions pu sans anachronisme le mettre en scène. Il était à peu près de l'âge du Prince. A l'époque de la construction du Petit Château, il n'avait qu'une dizaine d'années, tandis que Claude Charles en avait environ soixante, et Jacquart près de quarante.

(9)

Là Saint-Urbain le graveur... etc.

Ferdinand de Saint-Urbain, incomparable médailliste, l'une des gloires de ce Nancy qui a produit tant de burins célèbres. C'est à lui qu'est due la longue série numismatique des ducs et duchesses de Lorraine. — Les Italiens du siècle dernier avaient coutume de l'appeler *il divino Sant'-Urbano*.

(10)

Pâtre, on le sait, fait bibliothécaire.

Pâtre n'est pas même le mot propre; à la rigueur il faudrait dire *porcher*.

Il n'y a guère de manuel anecdotique fait pour l'usage des adolescents, qui ne raconte l'étrange fortune de Valentin Jameray Duval. Afin de les encourager au travail, on leur apprend que ce docte personnage gardait les pourceaux des ermites de Sainte-Anne, dans une forêt voisine du confluent de la Vezouse et de la Meurthe, lorsque ses dispositions intellectuelles furent découvertes par deux seigneurs de la cour de Léopold (¹). Ils signalèrent l'enfant à ce prince,

---

1. Le comte C. de Vidampierre et un baron allemand fort lettré.

lequel lui fit faire ses études à l'Université de Pont-à-Mousson. Duval en profita si bien qu'il se mit en état, comme on sait, d'être fait, d'abord, gardien de la bibliothèque ducale à Lunéville, puis chef des bibliothèques impériales à Vienne.

(11)
Chefs d'un sénat fidèle et non servile.

Il s'agit ici du célèbre corps dit de l'*Ancienne Chevalerie*, institution qui sous plusieurs rapports pourrait être comparée au sénat de Rome ou à celui de Venise, mais supérieure à ces deux patriciats en ce qu'elle n'a point d'aussi tristes pages qu'eux à placer dans ses annales.

Comme rien d'humain n'est exempt de vieillir, un temps vint, sans contredit, où cette magistrature suprême diminua de crédit, ne pouvant plus répondre qu'en partie aux besoins d'une civilisation qui devenait plus compliquée; de nouveaux tribunaux devinrent donc nécessaires, pour aider ou pour remplacer le tribunal des Assises, et l'*Ancienne Chevalerie* ne fut plus qu'une Pairie de moins en moins consultée; mais cet affaiblissement fut moindre et plus tardif en Lorraine qu'ailleurs, parce que la classe des seigneurs y avait fait preuve de sentiments dévoués dans les dangers ; qu'elle avait toujours noblement exercé son patronage et pris constamment les intérêts des faibles. Aussi ne vit-on pas régner contre elle, au siècle dernier, l'une de ces profondes haines populaires qui, dans d'autres provinces, donnèrent lieu à tant de malheurs et d'excès.

(12)
Du Châtelet, Lénoncourt, Ligniville.

Des quatre familles appelées les *Grands Chevaux*, il ne restait, sous Léopold, que ces trois-là, les Haraucourt ayant déjà disparu. — A présent, comme on sait, par l'extinction des Lénoncourt (¹) et des Du Châtelet, — il n'en subsiste plus qu'une seule : les Ligniville (²).

Pourquoi ces quatre Maisons étaient-elles investies, par

---

1. *Lénoncourt* (par un *é* plein ou soutenu), et non point *Lenoncourt* (par un *e* sourd) comme on imagine à présent d'enseigner à l'estropier. Sans contredit, il était rare qu'on prît la peine d'écrire l'accent sur la première syllabe, parce qu'on avait jadis coutume de n'employer d'accents que sur les syllabes finales; mais, dans le corps des mots, les E sonores n'en étaient pas pour cela moins reconnus, et personne ne les prenait pour muets. Au reste, de nos jours même, il subsiste des traces nombreuses de cet ancien état de choses. Est-ce que par hasard il se rencontrerait des gens qui, sous prétexte du manque d'accent dans *bec, miel, exemple, prestige,* oseraient prétendre que ces mots doivent être prononcés *beuc, mieul, euxemple, preustige?* — D'ailleurs, pour *Lénoncourt,* l'ancien fait n'est même pas ce qu'on prétend ; car, dès 1779, on y voit l'accent très formellement placé par les imprimeurs. (Voir Durival, tome III, page 225.)

2. *Ligniville,* — ou plutôt *Lignéville.* — La majorité des vieux parchemins porte *Ligniville,* c'est vrai ; mais la tradition nationale faisait toujours prononcer *Ligné* au lieu de *Ligni,* — comme dans les mots *Juigné, D'Andigné ;* ou comme dans *Sévigné* (nom qui jadis s'est écrit aussi *Sévigny.*

Au reste, ceci n'a rien d'étrange. Dans le nom de la plupart des bonnes familles, le phonétisme du bel usage ne coïncidait presque jamais avec le graphisme qui avait prévalu.

Qui ne sait, notamment, que les CASTRES s'orthographient *Castries* et les RAGECOURT *Raigecourt?* C'est la coutume seule qui disait que l'L final des *Choiseul* était réputé mouillé; et on se fût fait moquer de soi en les appelant autrement que CHOISEUIL. Pareillement, la célèbre maison poitevine dont les fils étaient princes de Talmont, avait beau s'écrire (sans *u*) *La Trimoille* ou *Trémoille* ; est-ce que jamais son nom a été articulé soit *Trimoueille* (ou Trimouaille), soit *Trémoueille* (ou Trémouaille)? Nullement. Toujours on a dit *Trimouille* (ou *Trémouille*), de manière à rimer avec le verbe *mouille.* — Jadis ces choses-là ne faisaient pas un pli. — Dans la bonne compagnie, au lieu de se montrer judaïque, on se riait *du pied de la lettre.* Les salons, les académies même, étaient éminemment traditionnistes.

l'opinion, d'une sorte de rang à part, bien que leurs membres ne possédassent, en fait de droits ou de titres, aucune prééminence, et ne fussent, dans le corps des Assises, que des *primi inter pares* ? — C'est ce qu'a fait comprendre à ses lecteurs, en 1866, le recueil *l'Intermédiaire* (III, 249, 301), et ce que d'ailleurs nous avions expliqué, dès 1861, par quelques pages insérées au *Journal de la Société d'Archéologie lorraine.*

(13)
Élégante et civile.

Dans l'ignorance du bon langage, à laquelle arrivent beaucoup de Français, il y a peut-être des gens qui en sont déjà à ne plus voir dans *civil* que l'opposé de *militaire.* Mais nous n'écrivons pas pour eux. Nous nous adressons à des lecteurs qui savent que la *civilité* équivalait grandement à l'*urbanité*, et atteignait presque la *courtoisie.*

Là dedans le port de l'épée n'était point un obstacle. Personne ne se montrait plus *civil* que Turenne, Catinat, le maréchal de Saxe ou le maréchal de Richelieu.

(14)
De loin l'orange et de près la jonquille.

Ceci n'est point d'une couleur arbitraire. — Vers 1720 le cercle des fleurs cultivées était bien moins riche qu'aujourd'hui, mais la jonquille en faisait partie, et partie notable ; elle formait l'un des principaux ornements des parterres. — Quant à l'arbre des pommes d'or, il avait alors, dans les jardins des princes, une importance bien supérieure à celle qui lui est restée. — L'Orangerie de Lunéville, en particulier, était citée comme fort belle (¹).

(15)

O papa roi, quels dons inespérés !

Par suite de ses mariages, la dynastie de Lorraine (originairement le sang d'Eberhard et de Charlemagne) — avait fini par descendre aussi de monarques qui avaient porté diverses couronnes royales : Hongrie, Aragon, Sicile, Jérusalem. Or, comme elle n'avait jamais pactisé sur son droit à ces couronnes, dont elle était la *prétendante* régulière à titre d'héritage, les *titres* lui en étaient restés. En tant que souvenir honorifique, l'Europe ne les lui contestait point (²).

Ainsi les souverains qui régnaient à Nancy étaient à la fois *ducs* et *rois :* — ducs réels, rois honoraires.

Au reste (dans les derniers temps surtout) les termes usités marquaient très bien cette nuance. Par exemple, Léopold ne se faisait titrer qu'*Altesse,* et non point *Majesté ;* mais, seul entre tous les ducs souverains, au lieu d'être qualifié altesse *sérénissime,* il était, lui, altesse *royale.*

Et chose plus forte : quel était, croyez-vous, le titre officiel de son fils aîné ? — de l'héritier de sa couronne ?

En France, on a dit le *Prince impérial.* En Lorraine disait-on le *Prince ducal?* — Point du tout. — *Le Prince royal.*

Dès lors, nul manque de justesse de couleur dans les mots

---

1. Et par parenthèse, il en était de son emplacement comme de celui de la chapelle. Pour leur situation quant au château, l'une et l'autre correspondaient exactement aux lieux occupés à Versailles par l'orangerie et la chapelle, relativement au palais.

2. Nous avons vu de ces choses-là subsister jusqu'à nos jours. Il y a bien peu d'années que Victor-Emmanuel ajoutait encore à son titre de roi *de Sardaigne* celui de roi *de Chypre.*

que nous laissons s'échapper, comme un petit cri, de la bouche du jeune architecte ; au contraire, ils ont la nuance précise. Habituellement Charles-Alexandre appelait Léopold *papa duc*, mais, puisqu'il avait droit de dire aussi *papa roi*, jamais une telle expression ne dut venir mieux sur ses lèvres qu'au moment de sa vive joie, et quand son excellent père venait de condescendre si largement, si *royalement*, à ses désirs. Cette petite flatterie caressante est tout à fait dans la nature.

(16)
Il va chercher à tout faire avec soin.

Si quelques lycéens, en voyant ici *soin* et *point* rimer ensemble, se figuraient que nous usons d'une licence, ils auraient tort : ce mariage rhythmique ne froisse aucune des règles de la versification la plus sévère.

Qu'en effet les syllabes homophones se terminent par la dentale (T ou D), ou que cette dentale en soit absente, cela n'ôte rien au droit qu'elles ont de rimer entre elles, — pourvu qu'il y ait monosyllabisme soit dans les deux mots finaux, soit au moins dans l'un des deux. — Ainsi, quoique *besoin* ne puisse rimer avec *pourpoint*, il peut légitimement rimer avec *point ;* et quoique *essor* ne soit point admis à rimer avec *ressort*, il rime très bien avec *sort*.

En tout, connaitre les règles et les traditions de la langue. — Mais qui est-ce qui *sait* encore le français ?

(17)
Craon, ami du prince.

Marc de Beauvau, Grand d'Espagne de première classe et prince du Saint-Empire. C'est lui qui se fit construire par

Boffrand, à Harouel, près des bords du Madon([1]), un superbe
château, qui existe encore ; manoir à fossés pleins d'eaux
vives, sur lequel fut reporté le nom angevin de Craon.

(18)
Met en relief un fier rez-de-chaussée.

La pièce principale de ce rez-de-chaussée est un beau
salon d'honneur, très reconnaissable malgré les prosaïques
remaniements qu'il a subis à diverses reprises.

Il est de forme ovale, non sans accuser des arêtes octo-
gones. Il a sept mètres et demi de hauteur, et sa corniche,
seule, mesure près d'un mètre cinquante. Chauffé par deux
majestueuses cheminées, il était éclairé par six grandes fenê-
tres, à cintre surélevé. Cette salle d'honneur était décorée
non seulement d'attributs guerriers, mais de groupes, bustes,
médaillons, etc., en stuc, et d'un superbe plafond qu'avait
peint Jacquart ([2]).

Ces ornements n'existent plus guère (la peinture surtout) ;
on y chercherait en vain ce beau tableau ([3]), et les autres

---

1. Comme la consonne finale n'était que de luxe dans le mot *Harouel*
l'Administration l'écrit à présent *Haroué ;* et elle a raison. On aurait dû
en faire de même pour le nom de *Châté* (Châtel), où voici qu'une sotte
élégance veut se mettre à faire retentir mal à propos la consonne L, qui
n'y a jamais sonné. Cette ville ne s'est appelée pendant cinq cents ans
que *Châté* (à la manière dont on dit un *pâté*).

2. Un tableau qui demandait tellement de soin, ne peut évidemment
pas dater du moment de la construction. On devait l'avoir remplacé par
du provisoire, lorsque le jeune prince exhiba si joyeusement son *petit
château.*

3. La noble page de peinture dont nous parlons, a totalement disparu.
Par bonheur il en existe le *carton* entre les mains de M. l'architecte
Morey ; carton fort beau et d'autant plus précieux qu'il porte la signa-
ture de Jacquart.

ornements de moindre importance ont à peu près disparu aussi ; mais le pavé à losanges, dont la superficie est d'environ cent mètres carrés, garde encore à son centre le chiffre du prince Charles-Alexandre. Ce chiffre (un A entre deux C croisés) est formé de lettres de marbre noir, incrustées dans un monolithe blanc, qu'entoure un cordon de marbre rouge.

Il vient d'être dessiné précisément pour nous, par M. Albert Pichon ([1]), gendre du propriétaire actuel des lieux.

(19)
Deux minarets, le vieux Boffrand les fit.

Comme de grands changements ont été opérés dans la partie des bâtiments qui prenaient entrée sur la cour, ces deux tourelles, destinées à remplacer l'escalier manquant, sont moins visibles que jadis. Elles demeurent pourtant très reconnaissables.

Quant à l'aspect qu'au siècle dernier présentait l'édifice (l'édifice une fois complété, c'est-à-dire déjà garni de ses minarets), on peut en juger fort bien par les vues que nous donnons ici ([2]) de ses deux faces. Ces précieuses gravures, devenues infiniment rares, nous ont été procurées, — l'une

---

1. De la branche des Pichon mussipontains, qui se trouve alliée à la famille des marquis de Joviac et à celle des comtes d'Haristay de Châteaufort. — L'aïeule maternelle de M. Albert Pichon était la dernière héritière de cet honorable nom de Châteaufort, que rendit si cher à la magistrature lorraine, à tous les habitants de la contrée, le patriotisme du courageux conseiller qui le portait. On sait avec quelle persévérance il osa défendre les lois et le peuple contre les ruineux caprices du trop fameux La Galaizière. Son retour de l'exil fut un triomphe ; et les citoyens décidèrent, plus tard, qu'une des rues de Nancy s'appellerait rue Châteaufort.

2. *Ici* veut dire « dans les *Mémoires de l'Académie de Stanislas* », desquels ceci est extrait.

Chiffre du Prince CHARLES-ALEXANDRE

incrusté dans le pavé de marbre

du salon ovale du PETIT-CHÂTEAU

À LUNÉVILLE.

Lith.Berger Levrault & Cie Nancy
de Lunéville, présenté à SON ALTESSE ROYALE
Par son très humble et très
obéissant serviteur Belprey

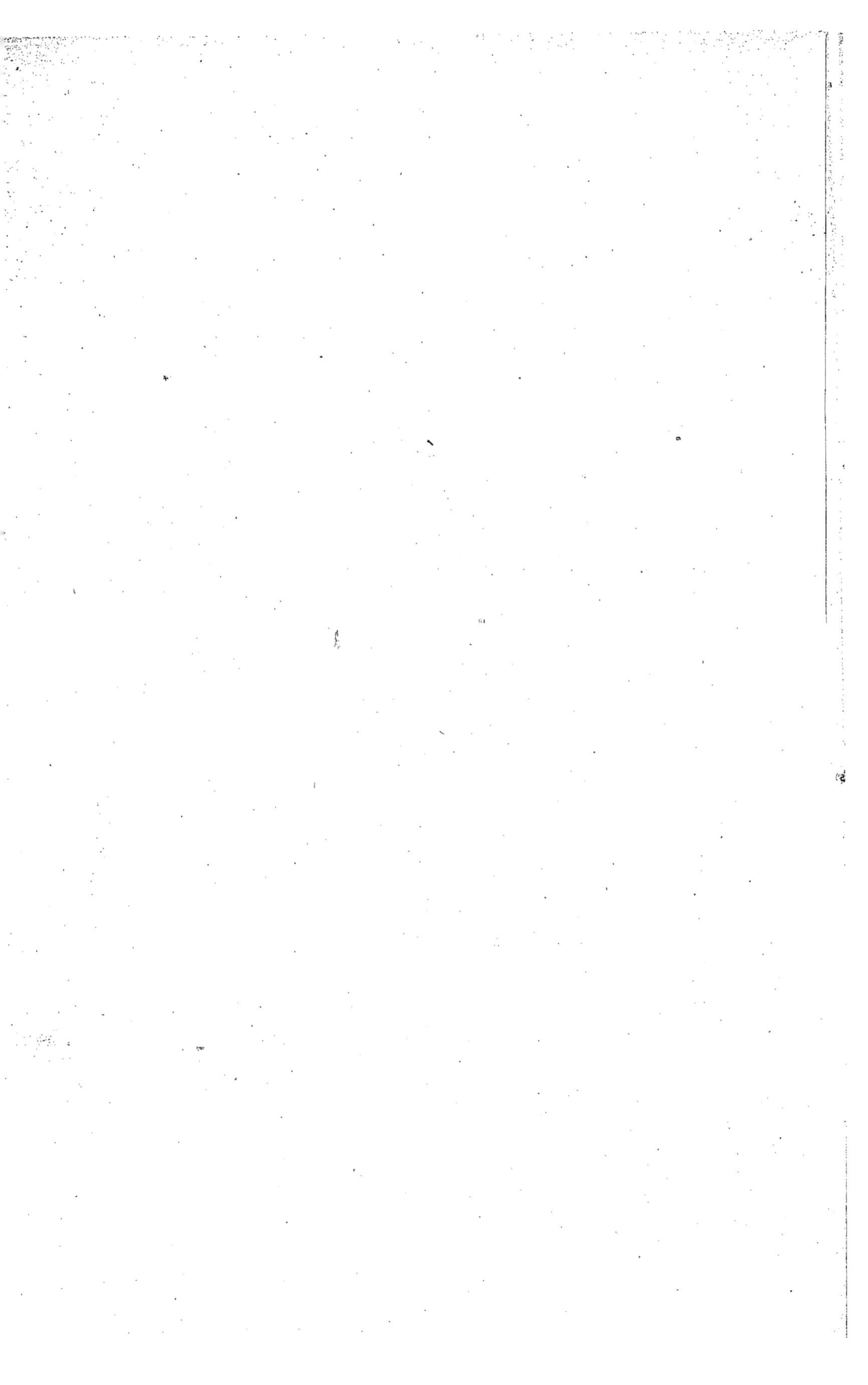

(la façade tournée vers les jardins), par M. Saucerotte, le maitre actuel du Petit Château ; — l'autre (la façade d'entrée), par un correspondant de l'Institut : par M. Morey, l'architecte de la Ville de Nancy.

A quelle époque, au juste, se sont passées les choses ? On ne sait trop. Autant l'aventure est connue, autant on est privé de renseignements certains pour en fixer la date.

Il existe bien un indice, mais trompeur.

Sur le dessin de Belprey (dont copie appartient à M. Morey), on découvre, non point au bas de la perspective, mais crayonné dans un coin des plates-bandes du jardin, un millésime, tracé d'une main déjà ancienne, et pourtant fantaisiste. Ce chiffre paraît représenter 1717 ou 1727. — Or, nul moyen de songer à 1717, puisque le jeune prince n'aurait eu que cinq ans ([1]). Si au contraire on lit 1727, il peut y avoir là un renseignement ; car, en déduisant de ce chiffre les deux années (peut-être les trois) nécessaires tant à la construction des tourelles qu'à la complète mise en état du château, non plus bâclé par un tour de force, mais pleinement régularisé et terminé (comme la gravure le représente là), on est naturellement reporté à 1724 ou 1725, pour le moment de l'historiette. Eh bien, l'on approcherait alors assez du vrai, puisque Charles-Alexandre, né qu'il était en 1712, aurait eu alors douze ou treize ans. — A Lunéville, la tradition a toujours attribué ce célèbre enfantillage à un espiègle d'environ onze ou douze ans.

(20)

Premier des ducs de la *Chrétienneté*.

Si nous employons ici l'ancienne forme du mot français

---

1. Cinq ans, même après construction des tourelles. C'est purement l'absurde.

qui répond au latin *christianitas* ou à l'anglais *christianity*, — forme qui fut la seule employée pendant la durée des siècles chevaleresques, — ce n'est point par fantaisie d'archaïsme ; c'est afin d'avoir occasion de mentionner une curieuse particularité phonétique, qui se perd comme tant d'autres, et que voici :

Au mot régulier *chrétienneté* avait bien succédé l'abréviation *chrétienté ;* mais l'adoption, simplement graphique, de celle-ci, n'avait pas fait disparaître toute trace de l'articulation primitive, articulation qu'à défaut de l'écriture, le bel usage conservait. — Ainsi, il était de tradition, soit pour les salons, soit pour les bons pensionnats, que dans ce terme, et par exception, la syllabe *tien* n'était point nasale ; que l'N devait y garder sa force consonnante propre, et qu'il y fallait dire *tienn*. Tout en écrivant *chrétienté*, on l'articulait *chrétieN'té*. Quiconque n'aurait pas observé cette nuance ; quiconque aurait confondu le son de la pénultième de *chrétienté* avec celui de la pénultième d'*éreinté* ou d'*absinthé*, eût été regardé comme un rustre, un homme non instruit des délicatesses du bon français (¹).

(21)

De maints progrès il y sera l'organe.

La présence des Lorrains en Italie y fut, au dix-huitième siècle, le signal d'une foule de progrès. Déjà c'était un duc d'Elbœuf (²), premier *prince du sang* de Lorraine, qui avait

---

1. Ce n'est guère que vers 1800 que se sont effacées ainsi une foule de règles non écrites, qui se transmettaient comme se transmet la prononciation de *femme* (FAME). L'une de ces CONSIGNES VERBALES était celle dont nous parlons ici :« Dans *chrétienté,* la lettre N doit sonner. »

2. Emmanuel-Maurice de Lorraine-Elbœuf.

découvert Herculanum, fait commencer les fouilles, et fondé le musée de Portici. A l'arrivée de François III comme grand-duc de Toscane, Florence sortit de la langueur où elle était tombée sous le dernier des Médicis, et donna de visibles preuves de son réveil (¹). Mais surtout, c'est à l'influence, plus ou moins directe, des idées semées au delà des Alpes par la maison de Lorraine, que l'on attribue, — non sans raison, — le grand et lumineux système de rénovation judiciaire dont Beccaria se fit l'apôtre (²).

(22)

Et qu'à la mort du César ennuyé, etc.

C'est-à-dire à la mort de l'empereur Charles VI, le dernier des Habsbourg : monarque non moins insignifiant que l'avait été son grand-père, et qui, comme lui, s'était laissé battre par les Turcs (³).

(23)

Le vieux Fleury vers d'autres nœuds convole.

Lacretelle jeune, dans son *Histoire du dix-huitième siècle*,

---

1. Par exemple, l'idée, conçue et réalisée alors, de reproduire en *fac-simile* l'antique et précieux manuscrit de Virgile que possédait la bibliothèque médicéenne.

2. Voir dans les *Mémoires de l'Académie de Stanislas* (tome XX, p. LXXIX à LXXXVIII) quelle avance possédait déjà vers l'époque du code Léopold (1700) la législation lorraine sur les législations voisines, sans en excepter la française.

3. Le premier (le césar Léopold, de Habsbourg), assiégé par les Turcs jusque dans Vienne, aurait vu ses États soumis au pouvoir du Croissant, sans le bras de deux héros : Charles, duc de Lorraine, et Sobieski, roi de Pologne. L'autre (le césar Charles VI) ne parvint à résister aux Ottomans que tant qu'il eut à leur opposer le prince Eugène.

cherché bien à rejeter sur d'autres que sur Fleury l'odieux de cette guerre parjure; il en attribue la pensée à de jeunes courtisans, notamment aux deux Belle-Isle. Mais, quand il serait vrai que l'idée première vînt de MM. de Belle-Isle, qu'importe ? Cela disculpe-t-il Fleury, *premier ministre*, investi de toute la confiance de Louis XV ? — Si le cardinal, articulant le simple *non possumus* que dictait évidemment la conscience, eût repoussé, comme indigne de la France, la proposition de violer des pactes sacrés, — alors, de deux choses l'une : ou il aurait fait avorter cette velléité coupable, ou tout au moins il aurait protesté noblement par sa retraite. Rien certes ne l'obligeait à garder son portefeuille et à continuer de présider les Conseils du Roi. — Or, il demeura premier ministre. Non seulement il assista, sans s'y opposer, à cette guerre (qu'il désapprouvait, nous dit-on) : mais il donna parfaitement l'ordre de la faire ; mais il en dirigea les actes principaux ; mais elle durait encore lors de sa mort.

(24)

Pour Frédéric, dont nous servions le jeu.

La honteuse espérance de filouter à l'Allemagne quelque dépouille, nous avait poussés, sous Fleury, après l'excellente et glorieuse paix de 1736, à une incroyable effronterie de parjure. Sans pouvoir alléguer le moindre sujet de plainte, nous étions allés tout à coup, complices d'un double brigandage, prêter appui aux folles ambitions de l'électeur de Bavière, qui convoitait une couronne impériale, et aux rapacités scélérates de celui de Brandebourg, qui, non content du sceptre royal concédé à sa famille par l'Autriche, avait osé, par le plus scandaleux guet-apens, s'emparer de la Silésie

en temps de pleine paix, — dépouillant ainsi sa bienfai-
trice, la puissance même qui lui avait sauvé la vie (¹).

Or cette indignité, par nous commise, ne nous rapporta
pas le plus petit lopin de terre. Nous eûmes bien les hontes
attachées à la déloyauté, mais nous n'en eûmes pas le
profit.

A la longue, Louis XV le comprit. Voyant quelle nou-
velle face prenait l'Europe, — et poussé peut-être aussi par
un honnête repentir, — il adopta une politique inverse;
il se tourna du côté du parti juste. Désir lui prit de faire
restituer à qui de droit, par Frédéric, les biens cyniquement
dérobés. — Hélas, vaine résipiscence ! — C'est AU
DÉBUT qu'il eût fallu arrêter les méfaits du brigand, au
lieu de les favoriser. Car le grand voleur se trouvait être
un grand général aussi; et comme nous lui avions donné
temps et moyens de se créer une excellente armée, toutes
nos tardives volontés furent impuissantes. Loin d'être forcé

---

1. Le vieux roi Frédéric-Guillaume, qui n'y allait pas de main morte,
voulant punir les graves désobéissances de son fils, avait tout simplement
projeté de l'envoyer au supplice. Pour faire fléchir la résolution d'un
homme si absolu dans ses volontés, il ne fallut rien moins que la réqui-
sition solennelle du chef de la maison d'Autriche, intervenant comme
césar constitutionnel et *sacrée majesté,* et réclamant pour ce jeune homme,
en tant que l'accusé était l'un des princes *allemands,* le droit d'en appeler
du jugement prusso-brandebourgeois à un plus haut tribunal : au tribunal
de *ses pairs,* les princes du *Saint-Empire;* tribunal qu'organiserait l'*Empereur,* suprême magistrat du Corps germanique.

Les institutions et les mœurs, quoique mourantes, eurent encore assez
de pouvoir pour que ce grand acte produisît de l'effet. Le prince destiné
à devenir Frédéric II n'eut point à monter sur l'échafaud, et ses complices seuls y périrent. — Ainsi l'honnête et candide Autriche se trouva
avoir écarté de la tête du jeune serpent qui lui lança son venin plus tard,
la hache d'un père bourreau, — lequel méritait blâme, à coup sûr, mais à
qui s'étaient mieux révélés qu'à elle les vrais instincts de l'hypocrite anti-
machiavéliste.

par nous à rendre gorge, ce fut lui qui nous battit à
Rosbach.

Ah ! l'odieuse conduite de la France envers Marie-Thérèse et son époux, avait été (chose qui arrive assez souvent)
une *faute*, en même temps qu'un crime. Or, malheureuse-
ment, il est plus aisé de commettre une *faute* que de la
réparer.

(25)

Surent sauver leur *roi* Mary-Thérèse.

C'est là le cri tant cité dans l'histoire, le cri fameux poussé
par les Hongrois : *Moriamur pro* REGE *nostro Mariâ Theresiâ.*
Rege nostro — et non point *reginâ nostrâ.*

Pourquoi cela ? — D'abord parce que Marie-Thérèse dé-
ployait là une énergie virile; et puis, aussi, parce qu'elle était
le Pouvoir constitutionnel, le souverain légal, le ROI de la
Hongrie.

Attaquée de mille côtés, abandonnée de bien des amis naturels, elle n'avait nullement perdu confiance. Elle avait pensé
qu'en dépit des torts de sa famille contre les héroïques Magyars,
c'est encore d'eux, malgré leurs vieux griefs, qu'elle obtien-
drait le secours le plus efficace. — Elle ne fut pas trompée
dans son attente : leur générosité monta jusqu'au sublime.
On ne s'appuie que sur ce qui résiste, dit fort bien l'expérience;
aussi n'est-il dévouements comparables aux dévouements des
PEUPLES LIBRES.

Et d'ailleurs, l'enfant qu'elle tenait sur ses bras… était d'une
race sans tache ; il ne portait, lui, qu'un nom de bon augure.
Petit-fils de ce magnanime duc Charles V, qui fut le généralissime de la quatorzième et dernière croisade, il s'appelait
« Joseph de LORRAINE ».

(26)

Oui, l'âpre et dur Chaumont La Galaizière.

On ne sait généralement PAS ASSEZ quels étaient les procédés de ce personnage, ni jusqu'où allaient ses rigueurs d'exaction. Pourrait-on croire jamais, si l'on n'en tenait mille et mille preuves ; pourrait-on croire, disons-nous, que, sous l'administration du chancelier du « bon Stanislas », la Lorraine, de plus en plus pressurée, en était arrivée, — au bout d'un simple règne de vingt-neuf ans, — à payer, en fait d'impôts, non pas le double, non pas même le triple, mais LE QUINTUPLE, de ce qu'elle acquittait sous la dynastie nationale de ses ducs !

Tous les éclaircissements nécessaires sur la réalité de ce régime, aussi vrai qu'invraisemblable, on peut les trouver, par exemple, dans une des grandes notes du livre intitulé *Nancy* ([1]). Et, loin que le tableau tracé là soit le moins du monde exagéré, — des documents authentiques, postérieurement découverts, sont venus nous démontrer qu'hélas, au sujet de tant d'abus et de cruautés, et de l'affligeante condescendance d'un royal vieillard aveuglé.., nous aurions pu, sans inexactitude, rendre la touche encore plus sévère.

(27)

Et dix anneaux d'une semblable chaîne,
L'histoire ailleurs ne nous les montre pas.

Le preux Raoul, ce héros de Crécy, et son digne successeur Jean Ier, ce héros de la Lithuanie ;

---

1. *Nancy, histoire et tableau ;* seconde édition (1847), pages 97 à 110.

A leur suite, le vaillant Charles II, qui, après avoir figuré en Afrique parmi les libérateurs des chrétiens à Tunis, s'en alla protéger aussi les chevaliers porte-glaive, contre les vieux Prussiens païens de la Baltique ;

Puis l'aventureux roi René, et son fils Jean II ; — l'un qui fut sur le point de voir ses droits à Naples être consacrés par le succès ; l'autre qui ne mourut à Barcelone qu'enseveli dans son triomphe ;

Puis, le beau Nicolas, à la personne duquel s'attachèrent tant d'espérances, et qui faillit reconstituer la vieille grandeur du royaume des deux Lothaire ;

A son tour, René II, le destructeur de la colossale puissance du Téméraire ;

Antoine le Bon, ce brave vainqueur des Rustauds, — et son fils François, arrêté seulement par une fin prématurée ;

Le grand législateur Charles III, créateur de la première ville alignée, et promoteur de mille autres belles innovations ;

Henri le Bon, cette copie du Béarnais, mais sans ses vices ; Charles V, le généralissime de l'Europe ; Léopold, enfin, le véritable père du peuple ;

Où trouver rien de comparable à cette *martingale* de treize coups de dé (¹) ?

Et Charles IV lui-même, — le seul anneau qui paraisse déranger la chaîne, — n'est vraiment pas à en excepter. Il

---

1. Que serait-ce donc, si, aux *ducs de Lorraine,* nous ajoutions les princes de leur maison qui n'ont pas régné, mais dont tous leurs contemporains ont tant admiré les dons naturels ! Pour peu qu'on se mît à joindre à la mention des monarques lorrains celle des Guise, des Mercœur, etc., on aurait à présenter une telle pléiade, que le rayonnement de tant d'astres dépasserait toute possibilité d'analogies.

y fait un peu tache, mais il ne l'interrompt point. — Brillant, en effet, quoique déraisonnable, de quoi manquait-il, lui qui fut un cavalier si accompli ? De prudence, mais non de courage, ni même de talents militaires. De jugement, mais non pas d'esprit. De mesure et d'à-propos, mais non de nerf ni d'éclat.

Au fond, puisque l'on trouve à lui appliquer, comme aux autres, cette note caractéristique :

> Rien de mou, rien de bas ;
> Relief, esprit, vigueur dans les combats ;

il ne saurait, malgré ses défauts, être exclu de la magnifique série.

(28)
Quels *compagnons* que Messieurs de Lorraine !

Comme c'est l'intimité du commerce entretenu avec les gens, qui permet le mieux de les juger, on a vu de bonne heure, partout, les éloges ou les blâmes, au sujet d'un homme, se régler principalement d'après le degré de mérite qu'il manifestait en qualité de *camarade* ou *compagnon* ([1]).

Aussi, voyez les Anglais (de qui la langue a bien plus conservé que la nôtre d'expressions du moyen âge) : quand ils veulent dire un brave garçon, ils disent *a good* FELLOW.

En outre, de même que par l'emploi des simples mots *santé*

---

1. CAMARADE : de *cameratus* ou *concameratus,* logé dans la même chambre. COMPAGNON : soit de *compaganus,* habitant du même village ; soit de *combenno,* associé de char et de voyage ; soit du latin barbare *companio,* mangeant le même pain.

ou *fortune,* on sous-entend bonne santé, bonne fortune, — pareillement, le terme de *compagnon,* à lui tout seul, sans épithète ni favorable ni fâcheuse, se prenait en bonne part ; il impliquait une nuance de loyauté et de vaillantise. C'est ainsi, par exemple, que, passant pour la première fois au pied des fières murailles du château de Nantes, le Béarnais, devenu roi de France, s'écria, dans sa surprise admirative : « Ventre saint-gris ! les ducs de Bretagne n'étaient pas de petits *compagnons !* »

(29)
Quand d'un Habsbourg ils sauvaient la puissance.

C'est ce qu'avait fait vers 1600, sous Rodolphe, — qui n'eut pas l'air de beaucoup s'en apercevoir, — un illustre prince de Lorraine, le duc de Mercœur ; et c'est ce qu'en 1683 et dans les années subséquentes, sous l'empereur Léopold, fit avec plus d'éclat encore un autre Lorrain célèbre, le magnanime duc Charles V, — au moment où, pour Vienne et la Chrétienté, il s'agissait de vie ou de mort.

(30)
Le dispenser de la reconnaissance.

On sait avec quelle froideur le triste Habsbourg qui possédait alors la couronne des Césars du Danube, reçut ses deux sauveurs (le magnanime duc Charles V, et son loyal compagnon le roi Sobieski). Charles V ne se vengea de tant d'orgueil stupide que par de nouveaux bienfaits. Il continua pendant dix ans à affranchir du joug des Musulmans cette Europe orientale, dont il se trouvait ainsi mériter le sceptre (impérial) pour la vraie maison de *Lorraine ;* pour cette tige vigoureuse, conservée à Nancy; destinée à remplacer les Habsbourg, branche cadette de leur famille et branche dégénérée.

(31)
Que pour nul autre ils n'auraient échangé.

Le fait auquel le simple énoncé de cette vérité conduit forcément à songer, — fait immense, que nous n'avons ni le droit, ni l'envie de juger, mais qui a causé chez tout le monde une si vive surprise, et qui aurait tellement abasourdi la reine Marie-Antoinette ou l'impératrice Marie-Louise, bien étonnées d'apprendre qu'elles n'étaient plus Marie-Antoinette de Lorraine ni Marie-Louise de Lorraine, mais qu'elles se trouvaient transformées en princesses de Habsbourg; — ce fait, disons-nous, n'avait rien de similaire dans l'histoire. Il a été le premier de son genre.

Lorsque, tout à coup, de nos jours, la maison de LORRAINE a consenti à échanger le glorieux nom de ses pères contre celui de l'une de ses grand'mères, — contre celui d'une des trente maisons princières parmi lesquelles, pendant le cours de huit cents ans, elle s'était choisi des épouses, — un tel événement, nous le répétons, ne s'était jamais produit. Jamais ABANDON VOLONTAIRE D'UN NOM PATRONYMIQUE n'avait eu lieu en Europe (hormis comme refuge pour la honte, quand ce nom avait été souillé par quelque tache de déshonneur).

Les LORRAINE devenus des Habsbourg! — Mais pourquoi?

Sans contredit, parmi les femmes des princes de la maison régnante de Lorraine, on rencontre *une Habsbourg*, — tout comme il s'y est trouvé une Danemark, une Saxe, une

Dachsbourg, une France, une Querfort, une Navarre, une Wurtemberg, etc.; mais cela faisait-il qu'un Lorraine, descendant de ces mères ou de ces aïeules, devînt pour cela un Saxe, un France ou un Wurtemberg? — Est-ce que saint Louis, pour avoir été le fils, — ou Philippe le Hardi, pour avoir été le petit-fils, — de la reine Blanche, se sont métamorphosés quelquefois en Louis ou en Philippe de *Castille?* A-t-on vu Louis XIV, adoptant le nom de famille soit de sa mère, soit de son aïeule, devenir Louis d'*Autriche* ou Louis de *Médicis?* Notre premier empereur, étant né Bonaparte, s'est-il déguisé en Napoléon *Ramolino?* Et son neveu a-t-il jamais eu la singularité de se faire appeler Napoléon de *Beauharnais?*

En tout cas, et supposé que la chose fût admissible quelquefois (bien que l'histoire n'en offre pas d'exemple), — on ne la concevrait, du moins le désir, que chez des gens qui dussent y gagner. — La Fontaine montre à ses lecteurs un solipède se parant de la peau du lion; mais quel lion, fût-ce dans les pages des fabulistes, imagine de s'affubler d'une peau inférieure? — Il n'est pas ordinaire, quand on est soleil, de se contenter du rôle de lune; — il est surprenant de consentir à n'être plus qu'un *Habsbourg,* quand on avait l'honneur, l'insigne honneur, d'être un *Lorraine;* — quand on pouvait légitimement, sans rien dérober à personne, espérer de faire graver sur sa tombe ces paroles, qui, prononcées jadis par un SAINT, lors de l'enterrement d'un HÉROS..., sont demeurées célèbres; — n'étant surtout pas tombées, alors, de la bouche d'un sujet de la couronne des Alérions, mais de celle d'un homme indépendant et neutre; — d'un Savoisien; — articulées qu'elles furent solennellement en plein Paris, et sous le règne d'un ancien rival des descendants de René II :

« Il était de cette *royale* maison de *Lorraine*, dont l'origine
« est si ancienne, immémorable, que les écrivains n'ont pas
« encore su demeurer d'accord de son commencement ; mais
« plantureuse pépinière d'empereurs et de rois, et des plus
« généreux princes de la Chrétienté (¹). »

Étrange humilité… que l'abandon d'un si riche héritage
de gloires !

N'y eût-il eu que d'accepter le rang de cadets, quand on
était la branche aînée, cela serait déjà peu concevable, aux
yeux de tous les gentilshommes de l'univers. Mais il y a
plus que cela ; et, toute vanité à part, le règne même
DES IDÉES aurait dû suffire, ce me semble, pour apporter là
son *veto*.

A une race éminente, illustre, si célèbre comme progressiste, — comment a-t-on pu persuader de s'aller cacher
sous l'apparence d'une race depuis si longtemps connue
pour rétrograde, ou tout au moins pour stationnaire ?
— Quel intérêt avaient les petits-fils DE TANT DE VAIN-
QUEURS à se faire passer pour les petits-fils de tant de
vaincus ?

Ah ! certes, ils n'ont pu se figurer trouver là aucun
avantage. Mais prendre ce parti, leur a été présenté comme
une résolution utile au bien public. Et l'acceptation d'un tel
conseil a impliqué, de leur part, un sacrifice, un énorme
sacrifice (²).

---

1. Oraison funèbre de Philippe-Emmanuel, duc de Mercœur et de
Penthièvre, lieutenant général des armées impériales en Hongrie ; pro-
noncée dans Notre-Dame de Paris, le 27 avril 1602, par saint François
de Sales.

2. C'est vers le milieu seulement de notre dix-neuvième siècle qu'eut
lieu un si grand changement de noms. A l'époque des sanglantes

Tout sacrifice fait avec de généreuses intentions, qu'il soit judicieux ou non, — est RESPECTABLE.

Seulement, il existe des sacrifices si affligeants, si visiblement inféconds (¹), qu'ils ne sauraient rien obtenir ici-bas au delà du RESPECT. Il y a de ces dépouillements étranges, inexplicables, outrés, prodigieux, — que le Ciel doit seul se charger de payer ; car la Terre, à cause de leur excès, ne *peut*, ni ne *veut*, les comprendre.

(32)

Oh ! oui, c'étaient des princes *vraiment princes*.

Deux lignes rimées, très simples, qui nous tombent sous la main (et qui n'ont pas plus de cent quarante ans de date), —

---

secousses qui agitèrent la monarchie austro-hongroise, quand éclata d'une manière violente l'antagonisme entre l'élément allemand, d'une part, et l'élément magyar, croate, etc., de l'autre, — des docteurs politiques pensèrent qu'un empereur d'Autriche ne pourrait jamais trop vivement accentuer son germanisme. Or, à ces conseillers, il sembla que dire « Ferdinand *von Habsburg* », c'était parler un langage plus TUDESQUE que de continuer à dire Ferdinand *von Lothringen*. — Leur avis prévalut ; et mille ans de nobles souvenirs, — magnifique héritage de la Maison régnante, — se trouvèrent tout à coup être immolés sur l'autel de l'ultra-teutonisme.

Devant cet acte gigantesque, un silence solennel s'est fait. L'Histoire, de son burin muet, grave sur des tables d'airain les grandes vicissitudes humaines.

1. S'il y en a eu un d'évidemment superflu, ç'a été celui-là. Moins naïfs, les Hohenzollern n'avaient eu garde, eux, de se dépouiller de leur nom et de ses antécédents propres. On peut voir, par la position qu'ils ont acquise en Allemagne, si ç'a été, de leur part, un mauvais calcul (*).

(*) Ceci était écrit et imprimé avant notre guerre franco-allemande de 1870.

montrent combien était vivace encore en plein dix-huitième siècle (¹), un sentiment jadis si général :

> Cette famille auguste et belle
> Qui *sur toute l'Europe excelle* (²).

Notre vers peut d'ailleurs être considéré comme la simple traduction du mot fameux de la maréchale de Retz : « Ces princes de Lorraine », disait-elle, « auprès de qui les autres princes paraissent *peuple*. »

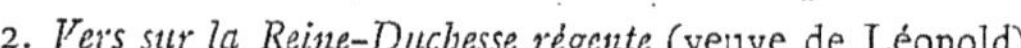

1. Voltaire avait déjà trente-six ou trente-sept ans.
2. *Vers sur la Reine-Duchesse régente* (veuve de Léopold) ; 1729.

NEC PAUCIS CARA SUPERSTAT

www.ingramcontent.com/pod-product-compliance
Ingram Content Group UK Ltd.
Pitfield, Milton Keynes, MK11 3LW, UK
UKHW021445090726
13657UKWH00003B/1215